La fée des soucoucits

super populaire!

La fée des souhaits

super populaire!

Lisa Ann Scott

Illustrations de
Heather Burns

Texte français
d'Isabelle Allard

Catalogage avant publication de Bibliothèque et Archives Canada

Scott, Lisa Ann
[Perfectly popular. Français]
Super populaire! / Lisa Ann Scott ;
texte français d'Isabelle Allard.

(La fée des souhaits ; 3)
Traduction de: Perfectly popular.
ISBN 978-1-4431-7407-7 (couverture souple)

I. Titre. II. Titre: Perfectly popular. Français.

PZ23.S393Sup 2019   j813'.6   C2018-904531-0

Édition publiée par les Éditions Scholastic, 604, rue King Ouest,
Toronto (Ontario) M5V 1E1.

5 4 3 2 1   Imprimé au Canada 121   19 20 21 22 23

Conception graphique de Yaffa Jaskoll

MIXTE
Papier issu de
sources responsables
FSC® C004071

Pour mes adorables nièces, Brooke et Izzy. J'espère que tous vos souhaits se réaliseront.

Chapitre 1

Béatrice est assise près de l'étang au centre de la ville avec sa meilleure amie Isa et la fée Calla. Quelques jours plus tôt, Béatrice a sauvé Calla des griffes de sa chatte Paillette. Calla a dû lui accorder sept souhaits en guise de remerciement. Jusqu'ici, Béatrice a fait trois souhaits, qui se sont tous réalisés. Cependant, tout ne s'est pas passé comme elle l'espérait.

Formuler un bon souhait est beaucoup

plus difficile qu'on ne le croit. Son premier souhait était d'avoir une centaine de chats. Malheureusement, elle s'est aperçue que tous ces chats, sauf un, appartenaient déjà à d'autres gens! Elle a donc fait le souhait de les rendre à leurs propriétaires, et Isa a adopté la chatte restante, Citrouille.

Ensuite, Béatrice a souhaité qu'un trésor enterré apparaisse dans son pré. Mais en apprenant son existence, tout le monde (même un dragon) a voulu s'en emparer! Ces chasseurs de trésor ont endommagé son joli pré en cherchant les pièces d'or. La banque de la ville soutenait que le butin lui appartenait, car il provenait d'un ancien cambriolage. Faire don du trésor à la bibliothèque a été la seule façon de mettre un terme à ce conflit, tout en évitant la fermeture de l'établissement. Ce n'était donc pas le souhait parfait que Béatrice espérait.

Il lui reste maintenant quatre souhaits et elle est déterminée à ne pas les gâcher.

— J'ai décidé de ne plus utiliser mes souhaits pour obtenir des choses, annonce-t-elle à Isa et à Calla.

— Ça me paraît intéressant, répond la fée.

— Je ne comprends pas, dit Isa. Que vas-tu souhaiter, dans ce cas?

Béatrice lève la tête et sourit.

— Quelque chose de spécial, qu'on ne peut pas acheter. Et dont je serai fière. Je devrais utiliser ces souhaits pour rendre ma vie meilleure, pas seulement pour obtenir des choses, non?

— C'est une bonne idée, commente Isa en se levant d'un bond, éparpillant les petites fleurs qu'elle vient de cueillir. Qu'est-ce qui rendrait ta vie meilleure?

Elle tend la main pour aider son amie à se relever.

— J'en ai assez d'être invisible, dit Béatrice en époussetant son short. Je veux que tout le monde à l'école sache qui je suis.

— Tu sais comment te rendre invisible? s'exclame Calla. Même moi, je n'y arrive pas!

Béatrice éclate de rire.

— Non, je veux dire que les gens ne me remarquent pas. Je veux que ça change.

— Comment vas-tu faire? demande Isa.

— Je veux devenir une grande chanteuse,

déclare Béatrice.

Elle écarte les bras et s'incline, comme pour saluer son public.

— C'est un excellent souhait, décrète Isa.

— Mais je dois trouver la bonne formulation, ajoute Béatrice.

Elle répète les mots dans sa tête. Pour son dernier souhait, elle a demandé qu'un trésor apparaisse dans son pré. Mais quand le souhait s'est réalisé, l'or était enterré! Il a fallu beaucoup de temps à Béatrice et à Isa pour le trouver.

La façon de formuler un souhait est donc très importante. Béatrice prend une grande inspiration et déclare :

— Calla, je souhaite chanter le solo du concert de l'école et être la vedette du

spectacle de fin d'année.

C'est assez précis, non?

Isa pousse une exclamation :

— Mais les auditions ont lieu demain!

— Je sais! rétorque Béatrice. C'est le moment idéal.

Calla exécute une pirouette dans les airs.

— C'est un souhait peu commun, mais je peux le réaliser. Ton souhait est accordé!

Elle fait un geste de la main et une gerbe d'étincelles apparaît.

Béatrice porte une main à sa gorge. Elle ne se sent pas différente. Ses lèvres ne picotent pas. De beaux sons ne sortent pas de sa bouche.

— Je ne suis pas certaine que ça ait fonctionné.

— Tu ne le sauras pas avant d'essayer, lui dit Isa. Allez, chante!

Les élèves ont tous appris la chanson du spectacle durant le cours de musique, mais Béatrice ne la connaît pas par cœur. Elle commence à chanter les premiers mots :

— Envoie un arc-en-ciel...

Le reste des paroles suit sans hésitation, d'une voix envoûtante, sans une seule fausse note. Elle n'aurait jamais cru pouvoir chanter aussi bien.

Isa écarquille les yeux, bouche bée.

— Béatrice! C'est incroyable! Tu vas être une vedette!

Elle prend les mains de son amie en trépignant de joie.

Béatrice éclate de rire et se remet à chanter.

Sa voix est toujours aussi extraordinaire. Elle n'en croit pas ses oreilles! Enfin, elle a réussi à faire un souhait parfait!

Calla se frotte les mains.

— Je suis plutôt douée pour accorder des souhaits. J'étais embarrassée au début d'avoir été découverte par une humaine, mais maintenant, je suis heureuse d'avoir pu mettre mes talents à l'épreuve. Je dirais même qu'en matière de souhaits, je suis la meilleure de toute l'histoire de Féevana.

— J'en suis sûre! réplique Isa.

— Et j'ai enfin trouvé comment formuler le bon souhait, ajoute Béatrice. Rien ne pourra clocher avec celui-là.

Elle ne peut s'empêcher de sourire en rentrant à la maison. Demain promet d'être une merveilleuse journée.

Chapitre 2

Béatrice passe la nuit à se retourner dans son lit, trop excitée par son nouveau talent pour s'endormir. Son enseignante de musique, Mme Colbert, sera-t-elle surprise?

Le lendemain matin, pendant que Béatrice prépare son sac à dos, Calla surgit de la maison de poupée où elle a dormi.

— Quelle robe devrais-je porter pour aller à l'école? demande-t-elle en brandissant deux minuscules robes élégantes.

— Tu ne peux pas venir à l'école! proteste Béatrice. Il y a des centaines d'enfants, là-bas. Tu n'as pas peur d'être vue?

Calla secoue la tête en enfilant une des robes.

— Je ne veux pas rater cette occasion d'aller à l'école! Cette recherche est essentielle pour le livre *Humains dans leur habitat naturel*, que je suis en train d'écrire.

Béatrice enfile une veste molletonnée et ouvre une des poches en soupirant.

— Glisse-toi là-dedans. Mais j'ai le pressentiment que tu vas nous attirer des ennuis.

Calla fait une culbute dans les airs, puis plonge dans la poche.

— Peux-tu me donner des collations?

Béatrice rit en secouant la tête.

—Pour une créature aussi petite, tu manges vraiment beaucoup!

Elle fait un détour par la cuisine avant d'aller attendre l'autobus. Elle met un biscuit aux pépites de chocolat dans sa poche et quelques autres dans son sac. Calla pousse un cri de joie. Béatrice peut l'entendre grignoter tout le long du trajet.

Garder Calla cachée est une distraction bienvenue en attendant le cours de musique, qui a lieu après le dîner. Calla se tortille dans sa poche durant le cours de maths, et sort la tête au milieu du cours d'arts plastiques.

Béatrice la repousse doucement dans la poche et reçoit un mini coup de pied sur le pouce.

Pendant la projection d'un film sur les pyramides, leur enseignante, Mme Vanier, éteint les lumières. Calla en profite pour sortir de la poche et s'asseoir sur le pupitre de Béatrice. La jeune fille place ses coudes de chaque côté de la fée pour que personne ne l'aperçoive.

— Je t'ai dit de rester dans ma poche, murmure-t-elle.

— C'est de la maltraitance de fée! chuchote Calla.

La fillette assise à côté tourne la tête et Béatrice fait semblant de tousser. Que diraient les élèves de sa classe s'ils voyaient Calla? Béatrice se demande si ça valait la peine d'avoir une distraction, finalement.

***

Lorsque le cours de musique commence, Béatrice est si excitée et nerveuse qu'elle en a mal au ventre. Elle s'assoit au premier rang, près d'Isa, qui lui serre la main.

— Bonne chance! chuchote son amie.

— Merci!

Même si Béatrice sait que les paroles de la chanson sortiront aisément, elle n'est pas habituée à attirer l'attention. C'est terrifiant!

Laura Jobin est assise au bout de la rangée avec sa pochette. Tout le monde sait que Laura est la meilleure chanteuse de la classe.

Eh bien, tout le monde va être très étonné.

— Bon après-midi! dit Mme Colbert. Je sais que vous avez tous répété la chanson principale, *L'arc-en-ciel*. Aujourd'hui, nous

allons choisir la personne qui la chantera durant le solo du concert de jeudi. Venez à l'avant de la classe si vous voulez passer l'audition.

Béatrice est tellement nerveuse qu'elle a trop chaud. Elle se lève et enlève sa veste. En entendant un petit cri aigu, Isa s'empresse

de ramasser la veste et de la mettre. Elle tapote doucement la poche où se trouve Calla en espérant qu'elle n'en sortira pas.

Béatrice va se placer près de Laura.

— Bonne chance, chuchote cette dernière.

— Toi aussi, dit Béatrice, qui se sent un peu coupable.

Elle sait que Laura n'a aucune chance de gagner. Pas avec son souhait.

Laura est la première à passer l'audition. Elle chante d'une belle voix forte. En l'entendant, la fille et les deux garçons près de Béatrice courbent les épaules d'un air résigné.

Mme Colbert applaudit quand Laura a terminé.

— C'était très bien, bravo!

— Merci, dit Laura. J'ai répété tous les jours.

— Ça s'entend, dit l'enseignante. Les efforts soutenus donnent toujours des résultats!

Laura sourit et acquiesce.

— Au tour de Béatrice, maintenant!

Cette dernière espère qu'elle pourra chanter et sourire en même temps. Elle est si heureuse de pouvoir montrer son nouveau talent à tout le monde!

Mme Colbert commence à jouer du piano et Béatrice se met à chanter.

Les paroles sortent de sa bouche dans un flot harmonieux.

Mme Colbert reste bouche bée et cesse

de jouer, les doigts immobiles sur les touches.

Béatrice se tourne vers Isa et aperçoit Calla qui vole au-dessus des élèves pour se diriger vers la fenêtre du fond.

— Je n'en reviens pas, dit Mme Colbert, les yeux écarquillés.

Béatrice se fige. Comment expliquer la présence d'une fée dans la pièce?

— Je n'ai jamais... ajoute l'enseignante.

Béatrice réfléchit à toute vitesse. Devrait-elle faire semblant qu'il s'agit d'une libellule? C'est ce qu'elle a pensé en voyant Calla la première fois dans le pré. Ou devrait-elle continuer à chanter? Elle jette un regard désespéré à Isa.

— Je suis désolée, dit Mme Colbert. C'est juste que je n'ai jamais entendu une voix aussi magnifique chez une élève de ton âge.

Béatrice pousse un soupir de soulagement et s'exclame :

— Oh! D'accord. Vous voulez dire que... Vous n'avez pas... Je veux dire, merci. Est-ce que je devrais continuer?

— Oui, bien sûr!

L'enseignante se remet à jouer. Quand la chanson est terminée, elle s'approche de Béatrice et pose les mains sur ses épaules.

— C'était incroyable.

Les élèves qui faisaient la file pour passer l'audition retournent à leur place.

— Vous ne voulez pas chanter? s'étonne l'enseignante.

— Non, répond l'un d'eux. C'est impossible de surpasser Béatrice.

Les deux autres hochent la tête.

Un petit sifflement fuse à l'arrière de la classe. Béatrice n'a pas besoin de se retourner pour savoir qui a produit ce son.

Mme Colbert sourit :

— On dirait que tu as aussi inspiré les oiseaux, Béatrice.

— Oui, ce sont des oiseaux, sûrement, dit Béatrice avec un petit rire forcé.

Isa se retourne pour jeter un regard courroucé à Calla.

— Je crois que les oiseaux ont voté, ajoute l'enseignante. Béatrice, tu vas chanter le solo du concert! Je n'ai jamais entendu une voix comme la tienne.

— Merci!

Béatrice sourit tellement qu'elle en a mal

aux joues. Puis elle remarque l'expression attristée de Laura. Son sourire s'estompe en voyant à quel point sa camarade est déçue.

Mais Laura a toujours chanté les solos des concerts de l'école. C'est enfin l'occasion de briller pour Béatrice, qui se promet d'en profiter!

Chapitre 3

Après le cours, Isa va chercher Calla, qui est toujours perchée en haut de la fenêtre.

Laura s'approche de Béatrice pendant que les élèves sortent de la classe.

— Où as-tu appris à chanter comme ça? As-tu un professeur privé? C'est ce que j'aurais voulu, mais ma famille n'a pas assez d'argent. Par contre, j'essaie d'économiser, car j'aimerais devenir chanteuse à Broadway un jour.

Elle a un regard rêveur.

— Non, je n'ai pas travaillé avec un professeur, répond Béatrice. C'est juste... c'est juste arrivé comme ça.

— Ma grand-mère est venue de Chine pour l'été, dit Laura avec un soupir. Elle sera au concert. J'aurais vraiment voulu qu'elle me voie chanter le solo.

— Oh. Eh bien, elle te verra chanter dans le chœur.

Mme Colbert se dirige vers elles.

— Voilà ma chanteuse étoile!

Les yeux de Laura s'illuminent, puis elle baisse la tête en comprenant que l'enseignante s'adresse à Béatrice.

Isa revient en tapotant sa poche.

— Tout va bien.

Béatrice est soulagée que le problème de la fée soit réglé. Pour l'instant.

— Aimerais-tu suivre des cours de chant cet été? lui demande Mme Colbert. Je peux inviter un élève à participer à la compétition nationale, qui a lieu en août. Je pourrais t'enseigner moi-même. Je suis certaine que tu pourrais gagner.

— Oh.

La jeune fille n'est pas certaine de vouloir passer tout l'été à chanter. Depuis que Calla lui a appris que des créatures magiques vivaient dans la forêt derrière sa maison, elle s'est promis de consacrer les vacances d'été à l'explorer.

— Peux-tu rester après l'école demain pour commencer nos leçons particulières?

demande l'enseignante.

— Je suppose que oui.

— Parfait. Tu es le genre d'élève dont rêvent tous les enseignants.

Mme Colbert rentre dans la classe en chantonnant.

Laura s'enfuit dans le couloir. Béatrice a l'impression qu'elle pleure.

Après l'école, Béatrice revient chez elle avec Isa et annonce la bonne nouvelle à sa mère.

— C'est merveilleux! s'exclame cette dernière en l'étreignant. Tu as dû beaucoup répéter si tu as été choisie pour le solo.

Béatrice se force à sourire.

— Oui. Viens, Isa, allons dehors.

Elle se précipite vers le pré et gravit l'échelle menant à sa cabane dans l'arbre.

— Qu'y a-t-il? demande Isa en la rejoignant, hors d'haleine.

Béatrice se laisse tomber sur le lit qu'elles utilisent pour leurs soirées pyjama.

— Tout le monde est tellement fier et impressionné. Mais il n'y a pas de quoi! Tout ce que j'ai fait, c'est formuler un souhait!

Isa s'assoit près d'elle et lui tapote le dos.

— Tu n'as pas hâte que tout le monde t'admire sur scène? Tu deviendras tellement populaire! Hé, tu te produiras peut-être même à Broadway!

— Mais ce n'est pas ce que je veux. Je pensais simplement que ce serait agréable d'être le centre de l'attention, pour une fois.

Maintenant, j'ai l'impression d'être une tricheuse.

Elle se tourne vers la fenêtre.

Calla arrive en voltigeant et flotte devant son visage.

— Je vais réserver mes commentaires pour le livre que je suis en train d'écrire, *Quand les souhaits tournent mal.* Ce sera sûrement un grand succès!

Elle vole jusqu'au petit bureau emprunté à la maison de poupée de Béatrice et se met à écrire.

— C'est vraiment horrible, gémit Béatrice. Mme Colbert ne veut pas que j'abandonne. Ma mère non plus. Mais je ne peux pas faire ça à Laura!

Isa lui jette un regard compatissant et réplique :

— Alors, je suppose que tu vas devoir refuser.

— Quelle excuse pourrais-je donner pour refuser le solo?

Chapitre 4

Le lendemain, pendant le cours de musique, Béatrice trouve la solution idéale. Elle va faire exprès de mal chanter pour que Mme Colbert confie le solo à Laura. Cette fois, Calla est cachée dans la poche d'Isa, qui la ramènera à la maison après l'école.

Béatrice prend une grande inspiration, déterminée à chanter d'une voix grinçante, mais quand elle ouvre la bouche, les sons qu'elle produit sont tout aussi limpides et harmonieux que la veille. Le souhait l'empêche tout simplement de mal chanter.

Quand le cours est terminé, Mme Colbert lui rappelle de venir la voir après l'école pour commencer les leçons particulières.

— Ça va être extraordinaire! s'exclame-t-elle.

— Super, j'ai hâte, réplique Béatrice en faisant mine d'être excitée.

À la fin de la journée, elle retourne au local de musique. Mme Colbert tapote l'espace libre sur le banc de piano, à côté d'elle.

— Je sais déjà que tu chantes merveilleusement bien la chanson *L'arc-en-ciel.* J'aimerais t'entendre chanter *Promenons-nous dans le bois.*

Elle ouvre le cahier et se met à jouer. Béatrice suit les paroles des yeux en chantant.

Après quelques couplets, l'enseignante cesse de jouer.

— Tu chantes différemment.

— Ah bon?

— Ce n'est pas du tout comme la première chanson. C'est curieux.

Mme Colbert fronce tellement les sourcils qu'ils se touchent presque au milieu de son front.

Béatrice chante quelques couplets sans accompagnement. C'est vrai que c'est différent. Pas mauvais, mais pas aussi bon.

— Maintenant, chante encore *L'arc-en-ciel.*

Béatrice obéit, et une fois de plus, les sons qui sortent de sa bouche sont magnifiquement harmonieux.

Mme Colbert reste silencieuse quelques minutes.

— Essayons une autre chanson dans le même ton que celle-ci.

Elle tourne quelques pages du cahier et choisit une partition.

Béatrice chante au son de la musique.

L'enseignante cesse de jouer.

— C'est encore différent, dit-elle en refermant le cahier. Je ne sais pas pourquoi, mais la première chanson est parfaite pour toi.

Béatrice comprend soudain pourquoi cette chanson est parfaite et pas les autres. Parce qu'elle a *encore* gâché un souhait!

— Il va falloir commencer par la base : les gammes, les exercices vocaux et la respiration. Tu as une voix magique. Il faut simplement que tu apprennes comment la trouver pour chaque chanson.

J'ai une voix magique, bien sûr. Parce qu'elle

a été créée par magie.

Lorsque la leçon se termine enfin, la jeune fille revient chez elle et se dirige vers la cabane.

— Comment ça s'est passé? demande Isa.

— C'était horrible. Je ne suis pas une bonne chanteuse.

— Qu'est-ce que tu racontes?

Calla prend sa minuscule plume et son petit cahier.

— Oui, explique-nous.

— J'ai fait le souhait de chanter le solo à la perfection. Et j'ai découvert que c'est *tout* ce que je peux chanter à la perfection. Si j'essaie de chanter quoi que ce soit d'autre, le résultat est juste ordinaire. J'aurais dû souhaiter d'être une grande chanteuse tout court.

— Oh non! s'exclame Isa. Ça semblait pourtant être un souhait parfait! Que vas-tu faire?

Béatrice hausse les épaules.

— Je suppose que je vais juste chanter le solo et espérer que mon cinquième souhait soit plus réussi.

Chapitre 5

Le lendemain soir, Béatrice est dans les coulisses, vêtue de sa plus belle robe. Elle observe la foule qui remplit peu à peu l'auditorium et regrette d'avoir laissé Calla à la maison. C'était trop risqué de l'amener. Sauf qu'Isa est en retard et elle aurait bien besoin d'une amie en ce moment!

Elle aperçoit une dame chinoise âgée dans la première rangée, un bouquet de fleurs dans les mains. Sa mère est assise un peu plus loin.

— Tu es très élégante, dit Laura, qui porte également une jolie robe.

— Toi aussi, réplique Béatrice.

Laura a l'air si triste que Béatrice en a le cœur brisé. Elle voudrait feindre d'avoir mal à la gorge ou au ventre et lui dire de chanter à sa place. Mais sa mère serait tellement déçue. Dommage qu'il n'y ait pas un souhait pour tout arranger.

Puis une idée lui vient à l'esprit.

Je n'ai pas besoin de souhait pour arranger la situation!

Elle prend la main de Laura.

— Pourrais-tu m'aider? Je ne veux pas chanter toute seule. Je... je ne peux pas. Peux-tu chanter avec moi, s'il te plaît?

Laura écarquille les yeux et sourit.

— Vraiment? s'exclame-t-elle avant de se rembrunir. Mais c'est toi qui as remporté l'audition.

Béatrice lui serre la main.

— Ce sera mieux à deux. D'accord?

— D'accord! dit Laura, ravie.

— Et je ne veux pas participer à la compétition de chant. Tu pourrais peut-être étudier avec Mme Colbert à ma place? On lui en parlera plus tard.

— Oh oui! s'écrie Laura. Je rêvais de suivre des cours particuliers. Je n'en reviens pas! Parfois, nos souhaits se réalisent!

Béatrice sourit, heureuse d'avoir contribué à réaliser un souhait pour une autre personne qu'elle-même.

Le concert est sur le point de commencer quand Isa fait son apparition. Béatrice se sent mieux de savoir qu'elle est là, même si elle est tellement nerveuse qu'elle a une drôle de sensation au creux de l'estomac.

Les deux chanteuses entrent sur scène main dans la main.

Soudain, Béatrice sent quelque chose qui lui chatouille le ventre. C'est comme une vibration ou un coup de pied donné par une minuscule créature. Elle appuie la main sur la boucle de sa robe. Serait-ce une bosse? Et un petit cri?

Oh non! Calla s'est cachée dans sa robe! Elle est dissimulée sous la boucle. Mais Béatrice n'a pas le temps d'y penser maintenant. La foule est silencieuse et les lumières tamisées.

Mme Colbert commence à jouer du piano.

Heureusement pour Béatrice que le souhait la fait chanter à la perfection, car elle est trop distraite par Calla pour pouvoir se concentrer. Et si une personne dans l'assistance remarquait les ailes qui dépassent de sa boucle?

Les deux fillettes chantent à l'unisson, leurs voix se mariant dans une suite de sons mélodieux. Pour la première fois, Béatrice prend réellement plaisir à chanter.

Lorsqu'elles ont terminé, la foule leur fait une ovation.

Laura se jette au cou de Béatrice.

— Merci d'avoir partagé la vedette avec moi.

— Merci d'avoir rendu cette expérience

encore plus agréable, rétorque Béatrice.

En reprenant sa place dans le chœur, elle déplace rapidement Calla pour la cacher sous ses cheveux.

— Reste là! chuchote-t-elle.

Béatrice a beaucoup de difficulté à demeurer immobile durant le reste du concert. Calla se promène d'une épaule à l'autre, tresse de petites mèches de ses cheveux et fredonne une partie des chansons. Quel soulagement quand le spectacle prend fin et que les élèves quittent la scène!

La mère de Béatrice s'approche pour la serrer dans ses bras.

— Bravo, tu as très bien chanté.

— Merci, maman.

Elle pousse un soupir de soulagement lorsque sa mère se dirige vers la sortie sans remarquer la fée, qui est suspendue à l'une de ses petites tresses.

Béatrice et Isa la suivent.

— C'était une bonne solution de chanter avec Laura, dit Isa.

— Oui, sauf que j'ai peur de faire un nouveau souhait, puisque j'ai aussi gâché celui-là!

— Le temps presse, fait remarquer Calla. Il ne reste que six jours pour faire tes trois derniers souhaits. Quel sera le prochain?

Béatrice pousse un gros soupir et répond :

— Je comprends maintenant que je ne voulais pas le solo parce que je voulais bien chanter. Je voulais juste être populaire.

Pourrais-je souhaiter cela? Qu'Isa et moi soyons populaires?

Calla secoue la tête.

— Il est impossible de faire un souhait pour quelqu'un d'autre, mais tu peux le souhaiter pour toi-même.

Béatrice se tourne vers Isa :

— Si je suis populaire, tu le seras aussi, puisque tu es ma meilleure amie.

Isa hausse les épaules.

— C'est logique.

Béatrice tape des mains, heureuse d'avoir trouvé un si bon souhait.

— D'accord. Calla, je souhaite être populaire!

Calla agite sa baguette et l'air se remplit d'étincelles.

— Ton souhait est accordé!

Béatrice baisse les yeux. Elle porte les mêmes vêtements. Elle ne semble pas différente et se sent comme d'habitude. Être populaire ne devrait-il pas lui inspirer une sensation extraordinaire?

— Comment sauras-tu si ça a fonctionné? demande Isa.

— Je ne sais pas. Je suis curieuse de voir combien de temps cela va prendre, répond Béatrice.

Alors que les deux amies marchent en direction de la voiture, un groupe de fillettes se précipite vers elles. Calla se cache sous les cheveux de Béatrice.

— J'adore ta nouvelle robe! s'exclame Pénélope, la fille la plus populaire de la classe.

Elle ne lui avait jamais adressé la parole avant.

— Merci, dit Béatrice, estomaquée.

— Veux-tu faire équipe avec moi dans le cours de sciences? propose Éléonore, une des copines de Pénélope.

— Viens manger avec nous demain midi, ajoute Émilie, une autre fillette de la table

des élèves populaires.

— Euh...

Béatrice est entourée d'un cercle de fillettes à qui elle ne parle jamais habituellement. Elle se tourne vers Isa, mais ne la voit plus.

Lorsqu'elle marche vers la voiture de sa mère, les fillettes la suivent. Elles parlent de fêtes d'anniversaire et de célébrations de fin d'année.

— Alors, tu veux bien? demande Pénélope.

— Oui, répond Béatrice, qui ne sait pas vraiment ce qu'elle vient d'accepter.

Elle finit par apercevoir Isa et se précipite vers elle.

— Dis donc, on dirait que ton souhait a fonctionné! remarque son amie.

Béatrice a un vertige.

— Je sais! C'est incroyable! Pénélope m'a parlé. Le souhait fonctionne vraiment!

— C'est fantastique! Tu es populaire!

— Et tu le seras aussi! promet Béatrice en levant le poing dans les airs.

Calla sort la tête de ses cheveux.

— Ce sera un souhait très intéressant à observer.

Chapitre 6

Le lendemain matin, tout le monde salue Béatrice dans les couloirs de l'école. Émilie et Pénélope veulent qu'elle soit dans leur équipe dans le cours d'éducation physique. Plusieurs filles poussent des cris d'admiration devant ses vêtements.

— Merci! dit Béatrice. Mais je dois aller en cours!

Elle est obligée de se frayer un chemin parmi les élèves lorsque la cloche sonne.

Pendant le cours de sciences, ses camarades ne cessent de lui passer des messages :

Quelle fille est la plus jolie de la classe, d'après toi?

Ce cours est tellement ennuyant, hein?

— Béatrice! lance l'enseignante. Sois plus attentive, voyons!

— Oui, excusez-moi, dit la jeune fille.

Elle a les larmes aux yeux. Les enseignants ne la sermonnent jamais, d'habitude.

À l'heure du midi, plusieurs fillettes déposent leur plateau sur sa table.

— As-tu vu la nouvelle jupe de Coralie? lui demande Pénélope. Elle est si jolie.

— Non, je ne l'ai pas vue.

— Que fais-tu cette fin de semaine? lance Émilie.

Avant que Béatrice puisse répondre, une autre fillette veut savoir ce qu'elle mange, puis Pénélope la questionne sur sa coiffeuse. Tout le monde veut lui parler, mais elle n'arrive pas à placer un mot!

Bientôt, sa table est pleine et tous les élèves présents dans la cafétéria ont les yeux fixés sur elle. Isa arrive avec son plateau, mais ne sait pas où s'asseoir.

— Viens ici, lui dit-elle en se poussant pour libérer une place.

Isa s'approche avec une chaise, mais une autre fille s'y assoit!

— Je vais aller là-bas, déclare Isa en désignant une table vide.

— Attends! s'écrie Béatrice en prenant son plateau pour la rejoindre.

Toutes les filles la suivent jusqu'à cette nouvelle table.

Quand la cloche sonne enfin pour la prochaine période, Béatrice s'aperçoit qu'elle n'a même pas eu le temps de manger.

Durant le dernier cours de la journée, Béatrice compte les minutes jusqu'à ce que la cloche sonne, impatiente de prendre l'autobus, de rentrer chez elle et de faire une sieste. Elle est tellement fatiguée qu'elle n'a même pas remarqué que Calla est sortie de sa poche.

Au moment où elle aperçoit la fée sur sa jambe, Émilie s'approche et pousse un cri :

— Qu'est-ce que c'est?

Calla se fige.

— Euh, je...

Béatrice ne sait quoi répondre.

— C'est la figurine de fée la plus jolie que j'aie jamais vue! s'exclame Émilie en tendant la main vers Calla.

Béatrice s'empresse de prendre la fée

toujours paralysée de frayeur.

— Merci. C'était un cadeau.

— J'aimerais bien en avoir une. Au fait, c'est ma fête d'anniversaire demain et j'aimerais t'inviter!

— Avec plaisir! Isa peut venir aussi, n'est-ce pas?

Émilie incline la tête.

— Qui est-ce?

— Ma meilleure amie. Elle est dans notre classe.

Émilie hausse les épaules.

— D'accord, tu peux l'emmener.

Elle regarde Calla et lâche un petit rire.

— Cette poupée est tellement mignonne!

— Oui, c'est vrai, réplique Béatrice en remettant Calla dans sa poche avec un sourire forcé.

Cette journée ne finira donc jamais?

Béatrice essaie différentes tenues le samedi matin, ne sachant quoi porter pour la fête d'anniversaire.

— Je n'ai pas beaucoup de vêtements chic. Quel genre de fête penses-tu que ce sera? demande-t-elle à Isa, qui est assise sur son lit avec Calla.

— J'espère que ce ne sera pas une fête chic, car je vais porter ceci, répond son amie en désignant son jean et son tee-shirt.

Béatrice hausse les épaules.

Je suppose que je vais m'habiller comme toi.

— N'oublie pas de mettre ta veste pour

que je puisse me cacher dans ta poche, s'exclame Calla. Comme ça, je pourrai tout voir!

— Tu veux venir?

— Bien sûr! Une vraie fête d'humains! Je dois vérifier si les sucreries sont aussi délicieuses que chez nous. Et je veux goûter au punch. Pensez-vous qu'il y aura du punch de baies sauvages?

— Je ne sais pas, répond Isa. Je n'ai jamais été invitée à une fête comme celle-là.

Calla se glisse dans la poche.

— Promets-moi de rester là-dedans! lui dit Béatrice.

— Ce sera ennuyeux! proteste la fée.

— Peut-être, mais tu y seras en sécurité. Tu as de la chance qu'Émilie ait cru que tu étais une poupée quand elle t'a vue à l'école.

Béatrice se tourne vers Isa.

— Qu'as-tu acheté à Émilie comme cadeau?

— Un carnet à dessin et des crayons de couleur.

— Bonne idée! Maman m'a emmenée dans trois magasins avant que je trouve une poupée qui ressemble un peu à Calla.

Elle sort la poupée du sac cadeau sur le lit.

— Très mignon! dit Isa. Elle va l'adorer.

Calla sort de la poche et met les poings sur ses hanches.

— Tu trouves que cette chose miteuse me ressemble?

Béatrice éclate de rire.

— Elle n'est pas miteuse. Seulement, elle n'est pas aussi magnifique que toi. Comment le pourrait-elle? Elle n'est pas vivante.

Calla lève son petit nez dans les airs.

— J'ai hâte de voir l'expression déçue de cette humaine quand elle verra qu'elle ne me reçoit pas en cadeau.

Chapitre 7

Béatrice et Isa suivent les éclats de rire et la musique jusqu'à l'arrière d'une énorme maison en brique. Un groupe de fillettes entoure Émilie en riant et en bavardant.

— Béatrice, tu es venue! s'écrie Émilie en courant vers elle.

Les autres fillettes la suivent. Elles portent toutes des vêtements élégants.

Émilie scrute la tenue de Béatrice.

— Désolée, j'aurais dû te dire que c'était

une fête habillée. Mais je pensais que tu le saurais.

Béatrice est heureuse de ne pas l'avoir su. Elle est très à l'aise dans ses vêtements.

— Bon anniversaire! dit-elle en lui donnant le sac cadeau.

— Bon anniversaire! ajoute Isa en tendant le sien.

— Qui es-tu? demande Émilie.

— Ma meilleure amie, Isa, explique Béatrice.

Émilie hausse les épaules.

— Merci pour les cadeaux, dit-elle avant de prendre Béatrice par la main. Viens voir la sculpture de glace que ma mère a commandée. Elle est superbe!

Elle l'entraîne loin d'Isa, vers une table

couverte de fruits frais, de trempettes, de desserts et d'un immense cygne de glace.

— C'est incroyable! s'exclame Béatrice.

— Je sais. J'ai hâte de voir ton cadeau.

— Tu peux l'ouvrir tout de suite.

Émilie sort le papier de soie et trouve la poupée. Son sourire s'évanouit.

— C'est une fée. Mais pas comme la tienne.

— Ma grand-mère dit que la mienne est très rare. Elle l'a achetée à l'étranger... en Angleterre... dans une petite boutique.

Béatrice se sent mal de mentir, mais que peut-elle faire d'autre? Lui dire qu'elle a sauvé une fée?

Émilie fronce les sourcils.

— Ça va, je comprends. Viens, allons à

l'intérieur pour que je la mette sur mon étagère de poupées.

— Laisse-moi d'abord trouver Isa.

— Je suis sûre qu'elle va bien. Tu ne veux pas voir ma chambre? J'ai reçu un chinchilla domestique pour ma fête. Il est trop mignon!

Elle dépose les cadeaux sur une table, prend Béatrice par la main et l'entraîne vers la maison.

— Ma mère dit que je ne dois pas amener d'invités à l'intérieur, mais il faut que je te le montre!

Béatrice ne veut pas laisser Isa seule, mais elle se dit qu'elle la rejoindra après avoir vu le chinchilla.

Elle serre les lèvres pour ne pas pousser un cri de surprise en entrant dans la maison, qui est magnifique avec ses hauts plafonds et ses lustres en cristal. Elle suit Émilie dans un escalier aux courbes élégantes et entre dans sa chambre. Cette dernière est plus grande que la salle familiale de sa propre maison. Que penserait Émilie en voyant sa minuscule chambre?

— Wouah! murmure-t-elle.

Émilie dépose la figurine sur une étagère où trônent des douzaines de poupées, puis s'assoit à son bureau, devant une grande cage.

— Voici M. Steppette.

Calla rigole doucement dans la poche de Béatrice.

— Ça te fait rire? demande Émilie.

— Non, non! C'est un très beau nom.

Est-ce que je peux le caresser?

— Non. Si j'ouvre la cage, il va se sauver et ma mère m'obligera à m'en débarrasser.

Béatrice se penche pour observer le chinchilla. Il est très mignon avec ses grandes oreilles et son pelage duveteux.

— As-tu un animal? demande Émilie.

— Oui, un chat.

Une semaine plus tôt, elle en avait une centaine, grâce à son premier souhait. Elle est heureuse d'avoir seulement Paillette, à présent.

Émilie se lève et se dirige vers la porte.

— On devrait retourner dehors. Les autres se demandent probablement où je suis passée.

— D'accord.

Béatrice la suit quand elle entend un petit bruit sourd. Elle se retourne et voit le chinchilla sur le sol. Calla volette près de la cage ouverte.

— Euh, est-ce que je peux utiliser ta salle de bains? demande-t-elle à Émilie qui descend l'escalier.

— Oui, c'est la porte près de mon lit. Mais

viens me rejoindre dehors après! dit-elle d'un ton légèrement irrité.

— Promis!

Béatrice referme doucement la porte avant de lancer à Calla :

— Pourquoi l'as-tu laissé sortir?

— Je suis certaine qu'il déteste vivre dans cette cage, réplique la fée. C'était une bonne action.

— Il faut le remettre là-dedans tout de suite!

Elle voudrait qu'Isa soit là pour l'aider.

Elle observe la pièce à la recherche du petit animal. Il a disparu. Heureusement, toutes les portes sont fermées. Il doit donc être quelque part dans la chambre.

— Aide-moi à le trouver! dit-elle à Calla.

En entendant des bruissements sous le lit, elle se met à quatre pattes pour vérifier. De grands yeux la regardent fixement.

— Il est ici!

Elle tend la main vers l'animal et remarque un cahier ouvert sous le lit. Il est écrit « Mes meilleures amies » en haut de la première page, qui est datée de la semaine précédente.

Béatrice ne peut s'empêcher d'y jeter un coup d'œil. Émilie a inscrit le nom de cinq camarades de classe en notant les qualités qu'elle apprécie chez elles. Le nom de Béatrice ne figure pas sur cette liste. *Je devrais probablement y être maintenant, non?*

Mais pourquoi devrait-elle faire partie de cette liste? Elles n'ont rien en commun.

Émilie est très autoritaire et aime les beaux vêtements. Elle n'a pas l'air du genre à aimer les prés et les cabanes dans les arbres.

Calla se glisse sous le lit.

— Je vais le conduire à sa cage, même si ça me paraît cruel. Tu ne voudrais pas me garder enfermée toute la journée, n'est-ce pas?

— Bien sûr que non. Je suis certaine qu'elle est très gentille avec lui. Il aime probablement se faire caresser et cajoler.

Calla attire le chinchilla hors du lit pendant que Béatrice va chercher la cage sur le bureau. M. Steppette suit la fée jusqu'à la porte de la cage, et Béatrice l'enferme à l'intérieur.

— On ferait mieux de retourner dehors, dit Béatrice en espérant qu'Isa a trouvé quelqu'un à qui parler.

— Je veux jeter un coup d'œil à la table à desserts! s'exclame Calla.

— D'accord. Mais ne laisse personne te voir t'approcher des petits gâteaux!

Chapitre 8

Aussitôt que Béatrice sort dans le jardin, plusieurs filles s'approchent et lui demandent de leur montrer sa figurine de fée.

— Je ne l'ai pas avec moi, leur dit-elle. Et je dois trouver Isa.

Elle cherche partout dans le jardin, mais sa meilleure amie est plus difficile à trouver qu'un chinchilla en fuite.

Elle va voir Émilie.

— As-tu vu Isa?

— La fille avec qui tu es arrivée? Elle est partie quand j'ai ouvert son cadeau. Elle avait l'air fâchée quand je lui ai dit que je n'aimais pas dessiner.

Béatrice se mord la lèvre, certaine qu'Isa est rentrée chez elle, le cœur gros.

— Je dois partir.

Émilie met les poings sur ses hanches :

— Tu vas partir en plein milieu de ma fête d'anniversaire? C'est l'heure du gâteau! Je savais que quelque chose clocherait aujourd'hui.

En voyant ses yeux pleins de larmes, Béatrice se sent coupable de lui faire de la peine.

— D'accord, je vais rester encore un peu.

Elle prend un morceau du délicieux

gâteau et en donne le plus possible à Calla. Elle fait semblant de s'amuser, mais ne peut s'empêcher de penser à Isa.

Après la fête, elle court directement chez son amie, mais il n'y a personne. Elle retourne chez elle à pas lents.

— Être populaire, est-ce que ça veut dire que tu peux être amie avec seulement certaines personnes? demande Calla. Car dans ce cas, on dirait que ça n'en vaut pas la peine.

Béatrice ne dit rien et monte dans la cabane, qui lui paraît triste et ennuyante sans Isa.

— Tu pourrais y inviter tes nouvelles amies? suggère la fée.

— Je suis certaine que cela ne leur plairait

pas. De plus, c'est un endroit spécial pour Isa et moi. Je ne veux le partager avec personne d'autre.

Elle ne sait même pas ce qu'elle aurait envie de faire avec ses nouvelles amies.

La pensée qu'elle a peut-être encore gâché un souhait lui est insupportable.

Dimanche matin, Béatrice est en train de déjeuner quand le téléphone sonne.

— Allô?

— Qu'est-ce que tu fais?

On dirait la voix d'Éléonore.

— Je déjeune, répond Béatrice.

— La fête d'Émilie était géniale, hein?

Éléonore bavarde pendant au moins dix minutes à propos du gâteau, des cadeaux et des décorations.

Quand elle finit enfin de parler, Béatrice lui dit :

— Bon, c'était super. On se verra demain à l'école.

Elle raccroche. Il lui reste des devoirs à faire et elle a envie d'aller prendre l'air.

Après le déjeuner, elle passe une heure à terminer ses devoirs. Isa était censée passer, alors elle s'empresse de sortir. Mais elle ne voit pas son amie. À la place, elle aperçoit Émilie et Pénélope qui se dirigent vers sa maison. Elle ne veut pas passer du temps avec elles. Isa et elle avaient prévu d'aller à la recherche de feux follets dans les bois derrière chez elle. Ces petites créatures émettent une lueur bleutée quand elles

voltigent la nuit, et les deux copines sont curieuses de voir à quoi elles ressemblent durant la journée.

Béatrice s'avance vers le trottoir.

— Que faites-vous ici?

— On est venues te voir, répond Émilie.

Béatrice a un sentiment de panique. Que vont-elles faire ensemble?

— Isa et moi avons prévu d'explorer la forêt. Voulez-vous venir avec nous?

Pénélope plisse le nez.

— Tu veux dire dehors?

— Oui, c'est là que se trouve la forêt! réplique Béatrice en riant.

Les deux filles ne semblent pas amusées.

— Beurk, non! dit Pénélope en secouant la tête.

— Beurk, renchérit Émilie.

Pénélope sort quelque chose de son sac.

— J'ai apporté des magazines. On pourrait les feuilleter pour choisir les vêtements qui nous plaisent.

— Je n'ai pas besoin de nouveaux vêtements.

— Tu es tellement drôle, Béatrice! dit

Émilie en riant.

Au même moment, Isa arrive.

— Qu'est-ce qui se passe? demande-t-elle. Allez-vous venir avec nous dans les bois?

Pénélope fait un pas vers elle.

— Non, désolée. Béatrice n'ira pas dans la forêt aujourd'hui. Elle va passer la journée avec nous.

Isa demeure bouche bée, puis tourne les talons et court vers sa maison.

— Attends! crie Béatrice.

Elle veut se lancer à sa poursuite, mais Pénélope la retient par le bras.

— Laisse-la partir. On s'amusera beaucoup plus sans elle.

— Mais elle est ma meilleure amie depuis

la maternelle! proteste Béatrice, les larmes aux yeux. On ne s'est jamais disputées.

Émilie hausse les épaules.

— Il est peut-être temps que tu te fasses de nouvelles amies, dit-elle avant de sortir quelque chose de sa poche. Regarde! Tu es sur ma liste!

Elle déplie la feuille du cahier que Béatrice a vu sous son lit. Le nom d'Éléonore a été rayé et le sien a été ajouté.

Pauvre Éléonore! Au lieu de se sentir flattée, Béatrice a envie de pleurer.

— Désolée, les filles. J'ai d'autres plans pour aujourd'hui. On se verra à l'école demain.

Béatrice rentre dans la maison en claquant la porte.

Elle essaie de téléphoner à Isa, mais son amie ne répond pas. Bouleversée, elle monte dans sa chambre et s'écroule sur son lit. Elle contemple le plafond en refoulant ses larmes. Son souhait était d'être populaire, et maintenant, elle se retrouve toute seule.

Calla sort de la maison de poupée.

— Où sont toutes tes amies?

— Je ne pense pas que ces filles soient

vraiment mes amies. Elles n'aiment pas les mêmes choses que moi et sont méchantes avec Isa. Être populaire n'est pas si agréable, finalement.

— Veux-tu faire un souhait pour annuler le précédent?

Béatrice réfléchit un moment. Elle a gâché tous ses souhaits jusqu'ici, sauf celui qui a rendu les chats à leurs propriétaires. Que se passera-t-il si elle souhaite ne plus être populaire? Peut-être que plus personne ne l'aimera...

— Je ne pense pas. Je vais trouver un moyen de tout arranger sans magie.

Chapitre 9

Lorsque Béatrice monte dans l'autobus le lendemain matin, Isa ne la salue pas. Son amie garde la tête tournée vers la fenêtre quand elle s'assoit auprès d'elle.

— Je t'ai téléphoné hier, mais personne n'a répondu.

— Je n'avais pas envie de parler, répond Isa à voix basse. En plus, tu étais occupée avec tes nouvelles amies, non?

— Pas du tout! Je n'ai pas voulu passer de

temps avec elles. Et ce ne sont pas vraiment mes amies. Pas comme toi.

Isa tourne enfin la tête pour lui sourire.

Calla sort de la poche de Béatrice et s'assoit sur sa jambe.

— J'aimerais avoir des amies comme vous un jour.

— Tu en auras, Calla, dit Béatrice. J'espère que tu trouveras une aussi bonne amie qu'Isa.

Le visage de son amie s'illumine.

À leur arrivée à l'école, les élèves écartent Isa pour s'attrouper autour de Béatrice.

Cette dernière doit jouer du coude pour retrouver son amie. Elle la prend par la main.

— Quel cauchemar! s'exclame-t-elle.

— Je ne comprends pas, dit Isa. Je pensais qu'être populaire était la plus merveilleuse chose au monde!

— C'est ce que j'ai toujours cru. Mais à présent, je me rends compte que t'avoir comme meilleure amie, c'est bien mieux qu'avoir vingt amies qui ne me connaissent pas vraiment et ne m'apprécient pas.

— À dire vrai, je n'aime pas te partager avec le reste de l'école.

Béatrice lui fait un câlin.

— Je suis chanceuse de t'avoir. On sera de meilleures amies pour toujours!

— Promis! Vas-tu faire un souhait pour régler ce problème?

— J'y ai pensé, mais j'ai peur d'empirer la situation, répond Béatrice en se tapotant le menton. Et si mon souhait faisait en sorte que tout le monde me déteste pour le reste de ma vie? Avec mon talent pour les souhaits, ça risque d'arriver.

— C'est vrai, reconnaît Isa. J'étais un peu jalouse de tes souhaits au début, mais plus maintenant!

— Au lieu d'un souhait, je pourrais peut-être faire quelque chose qui me rendrait moins populaire pendant quelque temps.

— À quoi penses-tu?

— Je sais comment régler ce problème et utiliser un souhait pour quelque chose de génial! s'écrie Béatrice en claquant des doigts.

— Comment?

— Tu verras.

***

Après les annonces du matin, Mme Vanier dit aux élèves :

— Ouvrez votre livre au chapitre huit.

Béatrice lève la main.

— Oui? dit l'enseignante.

La jeune fille toussote, puis déclare :

— Madame Vanier, on n'a pas assez de devoirs. J'en ai discuté avec presque tous les élèves de la classe, et je crois parler au nom de tous en vous demandant de nous donner plus de devoirs. Beaucoup plus.

Des cris et grognements de surprise fusent dans la pièce.

— Quel est ton problème? s'exclame Pénélope, bouche bée.

Éléonore lui jette un regard courroucé.

— Calmez-vous, tout le monde, dit

Mme Vanier. C'est une excellente idée, Béatrice, surtout avec les examens de fin d'année qui approchent. Je suis ravie de constater votre intérêt à apprendre davantage. Je vais préparer des devoirs à faire à la maison pour demain.

Isa regarde Béatrice, un sourcil levé.

— Tu ne seras certainement plus populaire, maintenant. Mais c'est un énorme prix à payer!

— Attends, chuchote Béatrice. Je peux arranger ça.

Elle lève de nouveau la main.

— Est-ce que je peux aller aux toilettes?

— Oui, prends le laissez-passer en sortant, répond l'enseignante.

— Je peux y aller aussi? demande Isa.

— Bien sûr.

Béatrice entend des chuchotements furieux alors qu'elle sort de la classe avec Isa.

Lorsque la porte des toilettes se referme derrière elles, Calla sort de la poche de Béatrice et se perche sur son épaule.

— Tu es encore moins populaire que moi à Féevana.

— Ça ne me dérange pas.

— J'ai hâte de connaître ton plan, dit Isa. Je ne veux pas plus de devoirs!

— Tu n'en auras pas, réplique Béatrice en souriant. Je vais souhaiter que Mme Vanier cesse de nous donner des devoirs.

Isa lève son poing dans les airs.

— C'est une idée de génie!

— Je sais! Enfin, un souhait qui va fonctionner!

— Alors, tu es prête pour un autre souhait? demande la fée.

— Oh oui! dit Béatrice en réfléchissant à la formulation exacte. Calla, je souhaite que Mme Vanier arrête de donner des devoirs à notre classe.

— Ça me semble un souhait ridicule, commente la fée. Tu n'aimes donc pas lire tes manuels scolaires? Ils sont pourtant remplis d'informations fascinantes.

— J'aime apprendre, mais pas à la maison. On travaille toute la journée à l'école, c'est suffisant.

— Très bien, alors. Plus de devoirs.

Calla agite sa baguette et une traînée d'étincelles remplit la pièce.

— Ton souhait est accordé!

Pour le reste de la journée, les élèves chuchotent et se passent des messages en envoyant des regards furieux à Béatrice. Mais elle est heureuse qu'ils lui fichent la paix. Personne ne l'accoste dans le couloir. Personne ne la distrait durant les cours. Et elle peut concentrer toute son attention sur sa meilleure amie.

De plus, ses camarades ne resteront pas fâchés contre elle éternellement. Avec un peu de chance, durant les vacances d'été, tout le monde oubliera cette histoire et sa vie reviendra à la normale. Sa merveilleuse vie d'avant.

Quelques minutes avant la dernière cloche, Mme Vanier ouvre son agenda, puis le referme.

— Je ne donnerai pas de devoirs pour ce soir.

Éléonore lève la main :

— Mais Béatrice a demandé...

— Chut! l'interrompt Émilie.

Éléonore baisse sa main et s'adosse à sa chaise.

— Passez une belle soirée et à demain! dit l'enseignante. Assurez-vous d'être là pour l'examen de français!

Les élèves sourient et s'empressent de sortir en riant.

— Pas de devoirs? C'est super! s'exclament plusieurs d'entre eux en se frappant mutuellement dans la main.

Pénélope se tourne vers Béatrice avec une expression furieuse :

— Je n'en reviens pas que tu aies demandé plus de devoirs. Et moi qui te trouvais sympathique!

Elle lève les yeux au ciel.

Émilie passe à son tour :

— Tu as de la chance qu'elle ne nous ait pas donné de devoirs pour ce soir.

Béatrice n'est pas fâchée du tout. Elle les ignore et sort du local avec Isa.

— Bon, allons chez moi pour explorer!

Isa se mord la lèvre.

— D'accord, mais j'espère que je réussirai

cet examen. On n'a pas de révisions à faire pour ce soir. Si je ne conserve pas une moyenne d'au moins quatre-vingts, je vais perdre des privilèges.

— Tout ira bien. On a révisé en classe aujourd'hui. Inutile d'étudier ce soir. Allons chercher des farfadets! On va bien s'amuser!

Chapitre 10

En arrivant à la maison, Calla surgit de la poche de Béatrice.

— Les farfadets sont très difficiles à trouver.

Béatrice hausse les épaules.

— Ce sera amusant de les chercher, même si on n'en voit pas.

La fée les conduit dans les bois derrière la maison. Elles traversent le ruisseau et entrent dans la forêt sombre et fraîche.

— C'est tellement plus amusant qu'étudier! s'exclame Béatrice.

Isa lui fait un câlin.

— C'était un merveilleux souhait. Cela aide tout le monde et personne ne sait que c'est grâce à toi.

— C'était surtout pour qu'on puisse passer plus de temps ensemble, dit Béatrice.

— Tu es la meilleure amie du monde!

— Toi aussi.

— Où devrait-on chercher les farfadets? demande Isa à Calla.

— Ils se cachent près des arbres. Parfois à la base, parfois dans les branches.

Durant les deux prochaines heures, elles avancent dans les bois, à l'affût de chaque bruissement et craquement.

Isa se plante sous un arbre et lève les yeux vers la cime.

— Je crois que j'ai vu quelque chose bouger. Grimpons!

Elle s'agrippe au tronc et se met à grimper, aussitôt imitée par son amie. Les deux fillettes cherchent parmi le feuillage, mais en vain. Elles s'assoient sur une branche pour planifier leur été.

— Il faut qu'on trouve des nymphes et une licorne, dit Béatrice.

— Calla va nous aider!

— Alors, je ferais mieux de commencer un nouveau livre intitulé *Comment aider les humains à trouver des créatures magiques*, car je ne serai pas ici pour vous guider, réplique la fée. Mes deux semaines sont

presque écoulées. Ça se termine demain.

Béatrice fronce les sourcils.

— J'avais oublié que tu partais bientôt. Tu vas tellement me manquer!

— Toi aussi, dit Calla. Mon séjour ici a été très instructif. Et je n'aurais jamais pensé...

— Quoi donc?

— Que je deviendrais amie avec des humaines!

Béatrice tend un doigt et Calla vient s'y percher.

— Et je n'aurais jamais imaginé que je serais amie avec une fée.

Isa éclate de rire.

— Moi non plus! On ferait mieux de rentrer avant qu'il fasse noir.

— Tu as raison, dit Béatrice en

redescendant. On n'a pas trouvé de farfadet, mais je me suis bien amusée.

Elles ont passé un après-midi très agréable, ce qui ne serait pas arrivé sans ce nouveau souhait. *Enfin, un souhait qui a bien fonctionné!*

Quand Béatrice rentre chez elle, sa mère l'attend, les bras croisés.

— Il est temps que tu rentres! Tu dois faire tes devoirs.

— Je n'en ai pas.

Sa mère hausse les sourcils.

— C'est étrange. Tu en as toujours, d'habitude.

— Pas aujourd'hui. Je vais regarder la télé!

Elle passe le reste de la soirée à faire ce

qui lui chante, et tout cela grâce à son merveilleux souhait!

Le lendemain matin, Mme Vanier commence le cours par l'examen de français. Béatrice répond facilement aux deux premières questions, mais a des difficultés avec la troisième. Ainsi que la quatrième et la cinquième. Elle tapote sa gomme à effacer sur son pupitre. *Je sais qu'on en a parlé en classe, mais je n'arrive pas à m'en souvenir.*

Elle laisse plusieurs questions sans réponse, puis y revient à quelques reprises jusqu'à ce que l'enseignante annonce la fin de l'examen.

Cette dernière ramasse les feuilles en disant :

— Je vais les corriger ce soir. N'oubliez pas l'examen de mathématiques demain.

— Je n'ai pas hâte, dit Isa.

— Moi non plus, je n'aime pas les divisions, réplique Béatrice. Au moins, on n'aura pas de devoirs ce soir.

— Le meilleur souhait du monde! chuchote son amie en levant la main pour frapper dans la sienne.

Béatrice est soucieuse quelques instants en pensant à quel point le test de français a été difficile. Mais elle est bonne en maths. Elle s'en tirera probablement bien sans révision.

— J'ai hâte de rentrer pour avoir du bon temps!

Chapitre 11

En rentrant à la maison avec Isa, Béatrice dit :

— On a encore tout un après-midi pour explorer. Où devrait-on aller aujourd'hui?

Son amie réfléchit un moment.

— Hier, Calla nous a emmenées dans les bois. Et si on l'emmenait en ville? Je connais quelques endroits qu'elle aimerait sûrement visiter.

— Moi aussi!

Calla s'envole hors de la poche.

— Où? Y aura-t-il de quoi manger?

— Tu verras, répond Isa. Allons chercher nos vélos.

Elles roulent jusqu'en ville, en passant devant la bibliothèque et le parc.

— Reste cachée sur mon épaule, dit Béatrice à la fée lorsqu'elles s'arrêtent devant la crémerie.

Calla se juche sur son épaule et pousse un soupir.

— Cet endroit sent délicieusement bon!

Une clochette tinte quand elles ouvrent la porte.

— Une grosse coupe glacée à partager, s'il vous plaît, dit Béatrice à l'homme derrière le comptoir.

— Dans un bol gaufré, précise Isa.

— De la crème glacée au chocolat et à la vanille avec des paillettes! ajoute Béatrice.

Calla pousse un cri ravi.

— C'est toi qui as crié? demande l'homme. Tout va bien?

— Oui, je suis juste très contente, répond Béatrice.

— C'est quoi, du caramel chaud? chuchote

Calla à son oreille. Est-ce qu'on peut en avoir?

— Avec du caramel chaud, s'il vous plaît, dit Béatrice.

— Et de la crème fouettée et des bonbons? murmure la fée.

— Donnez-nous toutes vos garnitures, finalement.

L'homme les regarde.

— Vous êtes certaines?

— Oui, répond Isa. Ma mère dit que je ne devrais pas trop en manger, mais ce sera tellement bon!

— Pouvez-vous nous donner deux cuillères ordinaires et une mini cuillère pour goûter? ajoute Béatrice.

L'homme a l'air perplexe.

— La mini cuillère ne sera pas trop petite?

— Non, on a une amie très petite qui va apprécier, explique Isa en souriant.

Elles apportent la coupe glacée au parc et s'assoient près de l'étang pour la partager.

— On va baptiser cette coupe glacée le « Spécial Calla », dit Béatrice.

— Miam!

Calla exécute des pirouettes dans les airs et déguste la crème glacée couverte de friandises.

— Tu en as tellement mangé que ça m'étonne que tu puisses encore voler! dit Béatrice en riant.

Lorsqu'elles ont terminé, elles s'étendent sur l'herbe pour regarder les nuages.

— Quel bel après-midi, murmure Isa.

— Je sais. Mais il faut rentrer à la maison... pour ne faire aucun devoir! réplique son amie en riant.

En rentrant chez elle avec Calla cachée dans sa poche, Béatrice voit sa mère sortir de la cuisine.

— Ton enseignante vient de téléphoner.

— Ah bon? Pourquoi?

Sa mère la dévisage, les mains sur les hanches.

— Pour m'apprendre que tous les élèves de ta classe ont échoué à l'examen d'aujourd'hui, toi y compris!

Béatrice reste bouche bée.

— Échoué?

— Oui, dit sa mère. Je ne comprends pas

pourquoi tu n'as pas étudié.

— Parce qu'elle ne nous a donné aucune révision à faire, répond-elle en se mordant la lèvre.

— Tu as un test de mathématiques demain, n'est-ce pas?

Béatrice hoche la tête.

— Dans ce cas, tu dois étudier. Si tu as une autre mauvaise note, tu perdras des privilèges.

La jeune fille va dans sa chambre et se jette sur son lit.

Calla s'envole hors de sa poche.

— Je ne peux pas étudier, dit Béatrice en soupirant. Je n'ai pas apporté mon livre de maths et je n'ai pas de feuilles de révision!

— Il te reste un souhait, que tu dois faire

demain au plus tard, lui rappelle la fée. Veux-tu souhaiter avoir tes feuilles de révision?

Après avoir réfléchi un moment, Béatrice répond :

— Non, ce serait horrible comme dernier souhait. Je vais trouver une solution.

Mais laquelle?

Chapitre 12

Le lendemain matin, Béatrice donne une poignée de pépites de chocolat à Calla.

— Ça devrait te tenir occupée. Tu dois rester ici aujourd'hui, car il faut que je sois concentrée à l'école. Promets-moi de rester tranquille!

— Bien sûr. Je vais travailler sur mon livre dans la cabane.

Dans l'autobus, Béatrice demande à Isa :

— Veux-tu faire du vélo après l'école?

— Je ne peux pas. Je suis punie parce que j'ai eu une mauvaise note à l'examen. Si je ne fais pas remonter ma moyenne, je serai privée de sortie tout l'été!

— Je suis désolée!

— Il faut que je réussisse le test de maths, dit Isa.

En entrant dans la classe, tous les élèves sont silencieux et certains affichent une expression soucieuse.

— Que se passe-t-il? demande Béatrice.

Émilie courbe les épaules.

— J'ai échoué au test d'hier et mes parents m'ont privée de sortie.

— Et moi, je ne peux pas regarder la télé cette semaine, ajoute Pénélope en croisant les bras d'un air boudeur.

— Je devrai peut-être suivre des cours d'été à cause de cet examen, dit un garçon.

Béatrice avale sa salive. Elle n'aurait jamais imaginé de telles conséquences!

— Je pensais que Mme Vanier nous donnerait plus de devoirs, pas moins, ajoute Pénélope.

Un garçon assis à l'arrière lève la main.

— Madame, pouvez-vous nous donner des feuilles de révision pour le test de sciences de demain? Ça nous aiderait à étudier ce soir.

Mme Vanier a un petit rire.

— Je ne pense pas que vous avez besoin de travailler à la maison. Nous avons déjà couvert cette matière en classe. De plus, j'apprécie le fait de ne pas avoir à corriger tous ces devoirs!

Béatrice sent la panique monter. Elle doit étudier pour l'examen de sciences. Et elle aurait dû étudier pour le test de maths! Sauf que Mme Vanier refuse de leur donner du travail à faire à la maison, et tout ça à cause d'elle.

Encore un souhait qui tourne mal!

Comment va-t-elle arranger les choses, cette fois? Si elle souhaite que les devoirs recommencent, les élèves risquent d'en avoir trop. Et le demander à l'enseignante ne suffira pas. Elle a déjà dit non!

Puis elle a une idée.

Elle lève la main :

— Est-ce qu'on pourrait avoir des feuilles de révision pour se préparer pendant l'heure du dîner?

Comme ça, ils pourront étudier avant l'examen de l'après-midi.

Mme Vanier réfléchit un moment, puis hausse les épaules.

— D'accord, si vous y tenez. J'en ai justement ici. Qui en veut?

Tout le monde lève la main.

Puis Béatrice pense à l'examen de sciences.

— En avez-vous pour le test de demain aussi?

— Bien sûr. Si vous voulez plus de travail, vous n'avez qu'à le demander.

Tous les élèves réclament des feuilles de révision de sciences. Ils passent l'heure du midi à travailler et à étudier.

Lorsque l'enseignante distribue les

feuilles d'examen, Béatrice est nerveuse. Mais elle réussit à répondre à toutes les questions. Elle est certaine d'avoir une bonne note.

Mme Vanier ramasse les feuilles et déclare :

— J'espère que les résultats seront meilleurs qu'hier. Je vais les corriger durant la récréation. Sortez et amusez-vous.

Isa lève la main.

— Est-ce qu'on peut rester à l'intérieur et étudier pour les autres examens?

— D'accord, si vous voulez, répond l'enseignante, étonnée.

Les élèves révisent calmement durant la récréation, au lieu de sortir dans la cour.

Après la pause, Mme Vanier remet les

examens corrigés.

— Bravo! Tout le monde a bien réussi.

Béatrice est ravie en voyant sa note.

— J'ai cent pour cent!

— Et moi, quatre-vingt-dix! dit Isa.

Il reste toujours le problème de leur mauvaise note en français.

Avant que la cloche sonne en fin d'après-midi, Béatrice a une autre idée de génie.

— Y aurait-il du travail supplémentaire qui nous permettrait de remonter notre note de français? Étant donné que nous avons tous échoué au test?

Elle se sent coupable d'avoir mis ses camarades dans cette situation.

Après un instant de réflexion, l'enseignante répond :

— J'avais prévu une fête et des films pour les deux derniers jours d'école, mais si vous voulez obtenir plus de points, je peux proposer quelque chose à ceux qui sont intéressés.

Béatrice soupire de soulagement. Elle va pouvoir réparer un autre mauvais souhait.

— Heureusement que c'est presque la fin

de l'année, dit Béatrice à Isa en arrivant chez elle. Je suis certaine que tout reviendra à la normale l'an prochain. J'ai demandé que Mme Vanier ne nous donne plus de devoirs. Cela ne visait donc que cette enseignante et notre classe. L'an prochain, elle aura une classe différente et on aura un autre prof. Le souhait ne s'appliquera donc plus. C'est une bonne chose que j'aie raté la formulation pour ce souhait, finalement.

— Ça semblait pourtant une si bonne idée! réplique Isa en avançant dans le pré.

— Tous mes souhaits paraissaient parfaits... au début!

Calla sort de la cabane et vole vers elles.

— Bonjour! Comment s'est passé votre examen?

— Super! disent les deux filles en chœur.

— C'est aujourd'hui que tu dois faire ton dernier souhait, rappelle la fée à Béatrice.

La jeune fille secoue la tête.

— Non, merci. Mes souhaits ne se sont pas déroulés comme je l'espérais. Je ne veux pas risquer de causer plus de problèmes. Je vais refuser ce dernier souhait.

Calla bat des ailes et se croise les bras avec une expression boudeuse.

— Tu ne peux pas! Je dois accorder sept souhaits en deux semaines. Ce sont les règles. Tu dois trouver quelque chose.

Béatrice hausse les épaules.

— Je ne veux rien. Je n'ai besoin de rien. Tous ces souhaits m'ont fait réaliser que j'ai déjà une belle vie. J'ai la meilleure amie du monde.

Isa lui sourit.

— J'ai une famille qui m'aime, poursuit-elle. J'ai une chatte que j'adore, un grand pré à explorer et une fée comme amie. Honnêtement, que pourrais-je demander de plus?

Calla pousse un soupir.

— Je ne sais pas. Mais tu dois trouver. Comment vais-je finir mon livre sur les souhaits si tu ne les utilises pas tous? Je ne peux pas retourner à Féevana en racontant que je n'ai accordé que six souhaits! Les autres fées vont penser que je ne suis pas douée dans ce domaine.

Béatrice n'aime pas l'idée que Calla reparte si vite à Féevana.

— Tu vas me manquer, dit-elle.

Soudain, elle hausse les sourcils et s'exclame :

— Oh, je sais! Je n'en reviens pas de ne pas y avoir pensé plus tôt!

— Quoi donc? demande Isa. Tu as une idée de souhait?

— Oui, ce serait merveilleux! Je ne sais même pas si tu pourras me l'accorder, Calla.

Mais ce serait le plus beau souhait du monde!

— Je suis prête à relever le défi, répond la fée. De quoi s'agit-il?

Béatrice réprime son envie de crier de joie.

— Calla, je souhaite...

À PROPOS DE L'AUTEURE

Lisa Ann Scott est l'auteure de la série *L'école des poneys enchantés* et du roman *School of Charm*. Après avoir travaillé comme présentatrice et journaliste, elle est maintenant écrivaine et spécialiste de voix hors champ. Elle vit dans l'État de New York avec son mari et ses deux enfants.